TEMPO DE RETOMADA

Trudruá Dorrico

TEMPO DE RETOMADA

autêntica

Copyright © 2025 Trudruá Dorrico
Copyright desta edição © 2025 Autêntica Editora

Todos os direitos reservados pela Autêntica Editora Ltda. Nenhuma parte desta publicação poderá ser reproduzida, seja por meios mecânicos, eletrônicos, seja via cópia xerográfica, sem a autorização prévia da Editora.

EDITORAS RESPONSÁVEIS
Rejane Dias
Cecília Martins

REVISÃO
Julia Sousa

CAPA
Diogo Droschi
(Ilustração de capa: Tamikuã Txihi)

DIAGRAMAÇÃO
Guilherme Fagundes

Dados Internacionais de Catalogação na Publicação (CIP)
(Câmara Brasileira do Livro, SP, Brasil)

Dorrico, Trudruá
    Tempo de retomada / Trudruá Dorrico. -- Belo Horizonte, MG : Autêntica Editora, 2025.

    ISBN 978-65-5928-577-8

    1. Poesia brasileira I. Título.

25-268128   CDD-B869.1

Índices para catálogo sistemático:
1. Poesia : Literatura brasileira B869.1

Cibele Maria Dias - Bibliotecária - CRB-8/9427

Belo Horizonte
Rua Carlos Turner, 420
Silveira . 31140-520
Belo Horizonte . MG
Tel.: (55 31) 3465 4500
www.grupoautentica.com.br
SAC: atendimentoleitor@grupoautentica.com.br

São Paulo
Av. Paulista, 2.073 . Conjunto Nacional
Horsa I . Salas 404-406 . Bela Vista
01311-940 . São Paulo . SP
Tel.: (55 11) 3034 4468

7   Das formigas e das letras:
       os caminhos Makuxis pelos mundos
       Sony Ferseck [Wei Paasi]

11   *Tempo de retomada,* de Trudruá Dorrico
       Carola Saavedra

15   **Produção de nomes europeus**

21   **Retomada de nossos nomes**
23   Meu nome
24   Quando você vai perguntar meu nome?
25   Retomada é um paradigma
26   Cumplicidade
27   Retomada
28   De que chuva você está falando?
29   Colonizar
30   Canção de ninar colonial
32   Etnônimos
33   Os últimos brasileiros

35   **Produção de racismo indígena**

39   **Retomada de amor (próprio)**
41   Presa
43   Só um pouco de raiva para não assustar você
44   O que é o amor indígena
45   Silêncio
46   Eu sou quem eu amo?
48   Um futuro para chamar de nosso
49   Pausa e voo

50 Parixara

51 Feridas

52 Desejo histórico

53 Eu sou teu país?

54 Autodeterminação

55 Promíscua

56 Mito

57 Amor

58 O que é e o que não é poesia

59 **Produção do mito da terra vazia**

61 **Retomada da florestania**

65 Terra não é mercadoria

66 Vô Iruri – Madeira

68 Pemonkon

69 Árvore de ideias contracoloniais

71 Marcos Temporais

72 Contramonocultura

74 Genocídio

75 Manifesto da Literatura Indígena Contemporânea

78 Erro de português

79 Gare

80 Paradoxo

81 Salvação colonial

83 **Tempo de ficção**

85 Museus vivos

88 Pé de Roraima

89 Tempo de netas

Das formigas e das letras:
os caminhos Makuxis pelos mundos

Sony Ferseck [Wei Paasi][*]

Boa Vista – Roraima/Kuwai Kîrî/Weiyamî Pata'
18 de abril de 2023

Cantar como quem dança com as vozes dos ancestrais pelos tempos afora. Dançar como quem escreve na terra as pegadas da vida indígena. Escrever como quem desenha nas pedras a letra de Makunaimî. Assim leio Trudruá Dorrico. Ela-Formiga soube fazer das formigas que passeiam pelo lavrado, que são as terras mesmas do povo Makuxi, as formigas que passeiam em preto agora

---

[*] Sony Ferseck, em poesia; Wei Paasi, em Makuxi Maimu, pertence ao povo Makuxi. É poeta, escritora, palestrante e pesquisadora. Atualmente é bolsista de pós-doutorado pelo Programa de Pós-Graduação em Letras pela Universidade Federal de Roraima (PPGL/UFRR), doutora em Literatura pela Universidade Federal Fluminense (UFF), mestre em Literatura, Artes e Cultura Regional e graduada em Letras/Inglês pela UFRR. É, também, ex-professora substituta no Instituto de Formação Superior Indígena Insikiran da UFRR. Além de sua pesquisa, ela se dedica às suas próprias produções literárias, como *Pouco Verbo* (2013), *Movejo* (2020) e *Weiyamî: mulheres que fazem sol* (2022), obra semifinalista na categoria Poesia do 65º Prêmio Jabuti. Cofundadora, junto com Devair Fiorotti, da primeira editora independente de Roraima, a Wei.

neste branco de celulose e que chegarão muito mais longe e a terras tantas que até Makunaimî riria satisfeito de sua valentia.

Lendo Trudruá, me lembrei de tantas coisas! A primeira delas foi de um canto entoado pelos parentes Xucuru-Kariri que diz "Pisa ligeiro, pisa ligeiro, quem não pode com a formiga não assanha o formigueiro". Cantavam depois de já termos conquistado direitos com a Constituição Federal de 1988, quando qualquer outra demanda ameaçava pôr em risco os mesmos direitos que vieram a preço de muitas lutas. E assim, conhecedora dessas muitas lutas, Trudruá faz com que sua voz seja uma voz em coletivo, trançada com as vozes que cantavam músicas em Makuxi e as que gritavam contra a brutalidade colonizadora dos europeus que invadiam as terras ancestrais de Makunaimî.

Assim, coletiva e ardida como as mordidas das formigas de fogo, já em brasas de raiva causada pelas injustiças tantas vivenciadas, entre as quais as que nos negaram nossos próprios nomes, certeira, Ela-formiga pergunta a quem pergunta: "Quando você vai perguntar meu nome?". Não esse nome de papel que nos empurraram garganta abaixo, mas aquele que "é a pele do meu corpo"?. Aquele diz o nome da terra? Trudruá então nos ensina o que aprendeu com o povo Makuxi, que seu nome "é da terra" e que para ouvi-lo é preciso (re)aprender a língua da terra, os silêncios da terra e, assim, cantar junto com ela.

A outra coisa de que lembrei lendo Trudruá foi que, se tudo nos mundos são gentes, todas essas gentes têm suas artes também, todas elas dançam, inclusive as formigas. Ela-Formiga lembra que, se for para pisar na terra, que seja macio, que seja dançando como em "Parixara". Impossível não assistir à roda de parixara se abrir ao ler esse poema. Mais difícil ainda é resistir e não se sentir convidado a seguir para a frente e para trás, cadenciando no ritmo da dança.

Nessa dança cósmica que é a vida, como diz Ailton Krenak, todos os passos compõem a coreografia do caminho de reencontro com o povo e seus conhecimentos. Inclusive os que vão para trás, e é tocante perceber, em *Pemonkon*, como esse gesto nos leva ao tempo em que o próprio tempo não seguia essa linha reta, confundindo avanço, progresso como conhecimento e civilização desde a invasão em 1500. Para nós, povos indígenas, conhecimento é esse grande rio de águas encantadas que corre atravessando vidas e se demorando no tempo, como os avós.

Esses atravessamentos são uma coisa bonita de ver nesse formigueiro feito por Trudruá. De passagens dos relatos colonizadores como *A carta*, de Pero Vaz de Caminha, passando por documentos e relatos históricos, leis, poemas autorais até chegar a episódios narrativos que compuseram a seção "Tempos de ficção", Trudruá segue no caminho de contracolonização da palavra acostumada a denominações já cristalizadas pela literatura ocidental. Ela prossegue num trabalho de conquistar aliados para as literaturas indígenas, trabalho duro e incansável a que vem se dedicando desde que soube de seu pertencimento ao povo Makuxi, como é possível ver em sua intensa atuação nas redes sociais e na profusa produção intelectual e artística.

Que, mais do que ler as palavras de Trudruá, você seja lido/a/e também por elas. Que, como descendentes dos povos indígenas, essas palavras passem a ser, junto com as dos ancestrais, o poema dos mundos. Que, como aliado/a/e, você se sinta convidado/a/e a fazer parte de um jeito de ser-estar que veja no mundo muitos outros mundos, todos possíveis.

Que suas palavras, parenta-Formiga, tragam o desde sempre e ressoem, porque esse é o nosso destino.

Boas leituras!

Tempo de retomada, de Trudruá Dorrico

Carola Saavedra[*]
Pesquisadora Makuxi

Em seu novo livro, a escritora, poeta e pesquisadora macuxi Trudruá Dorrico dá corpo ao que podemos chamar de literatura de retomada, ou seja, uma literatura que, assim como a retomada do território ancestral, reivindica o direito à vida, o direito social, cultural, espiritual, mas também poético. Porque o mundo é feito de palavras. E a palavra indígena é, na voz de Trudruá, ao mesmo tempo flecha e canto, arma e cura.

Seus textos, que mesclam diversos gêneros – prosa, poemas, documentos históricos e ficção –, nos levam pela

---

[*] Carola Saavedra é autora dos romances *Toda terça* (2007), *Flores azuis* (2008), *Paisagem com dromedário* (2010), *O inventário das coisas ausentes* (2014), *Com armas sonolentas* (2018) e *O manto da noite* (2022), todos pela Companhia das Letras. Seus livros foram traduzidos para inglês, francês, espanhol e alemão. É doutora em Literatura Comparada pela Universidade Estadual do Rio de Janeiro (UERJ), professora e pesquisadora de Literatura e Estudos Culturais no Instituto Luso-Brasileiro na Universidade de Colônia. Sua pesquisa atual, sobre arte e literatura indígena no Brasil, é parte do projeto "O pensamento das margens: arte e literatura indígena e afro-brasileira", financiado pela Fundação Thyssen. É autora também do livro de ensaios *O mundo desdobrável: ensaios para depois do fim* (Relicário, 2021) e da coletânea de poemas *Um quarto é muito pouco* (Quelônio, 2022).

senda que atravessa a longa noite do genocídio colonial. Começando por documentos como *A carta*, de Pero Vaz de Caminha, passando pelo Diretório dos Índios, de 1758, que outorga aos indígenas nomes e sobrenomes europeus, e vai até o Registro Civil de Nascimento para os Povos Indígenas, de 2014, que dá aos indígenas o direito de escolher um nome indígena, e a Lei Federal n.º 14.382/2022, que permite alterar o nome "imotivadamente", pois a história dos povos indígenas é também a história da perda e da recuperação de um nome. E, se tudo é palavra, retomar a palavra torna-se passo essencial para poder, novamente, nomear o mundo. Não por acaso nos avisa o poema de abertura: "As cenas se repetem / mas só até a hora / que os poemas / fizerem a retomada".

Assim, a escrita de Trudruá é ao mesmo tempo poética e política, aspecto que caracteriza a arte indígena, inserida numa realidade de luta constante, de resistência, de visão de mundo que não separa vida e obra. Mas aqui todo cuidado é pouco, e Trudruá sabe disso; nada-se num rio de correntes perigosas, a língua portuguesa, que deságua num mar onde muitos povos indígenas estão imersos, águas do esquecimento, que borram para longe a própria língua, a memória. Relação necessariamente ambígua empunhar a arma que nos fere. O que resta? Resta a retomada dessa língua anterior, nunca silenciada, gravada no corpo, nos sonhos. Resta reescrever o passado, reinventar o futuro. E Trudruá Dorrico faz isso com beleza e astúcia, carregando as palavras que são suas, no caso, o macuxi, mas que são de todo um continente, Abya Yala, que segue vivo, marcando o ritmo de nossos passos.

CENAS

As cenas se repetem
mas só até a hora
que os poemas
fizerem a retomada

CENA 1

PRODUÇÃO DE
NOMES EUROPEUS

"A feição deles é serem *pardos*, maneira de avermelhados, de bons rostos e narizes, bem-feitos. Andam nus, sem nenhuma cobertura. Nem estimam de cobrir ou de mostrar suas vergonhas; e nisso têm tanta inocência como em mostrar o rosto."

Carta de Descobrimento do Brasil,
22 de abril de 1500

Diretório que se deve observar nas Povoações dos Índios do Pará, e Maranhão, enquanto Sua Majestade não mandar o contrário.

"11 A Classe dos mesmos abusos se não pode duvidar, que pertence também o inalterável costume, que se praticava em todas as Aldeias, de não haver um só Índio que tivesse sobrenome. E, para se evitar a grande confusão, que precisamente havia de resultar de haver na mesma Povoação muitas Pessoas com o mesmo nome, e acabarem de conhecer os Índios com toda a evidência, que buscamos todos os meios de os honrar, e tratar, *como se fossem Brancos*; terão daqui por diante todos os Índios sobrenomes, havendo grande cuidado nos Diretores em lhes introduzir os mesmos Apelidos, que os das Famílias de Portugal; por ser *moralmente certo, que tendo eles os mesmos Apelidos, e Sobrenomes, de que usam os Brancos, e as mais Pessoas que*

se acham civilizadas, cuidarão em procurar os meios lícitos, e virtuosos de viverem, e se tratarem à sua imitação."
Diretório dos Índios, de 1758

"Art. 12º Os nascimentos e óbitos, e os casamentos civis dos índios não integrados, serão registrados de acordo com a legislação comum, atendidas as peculiaridades de sua condição quanto à qualificação do nome, prenome e filiação. Parágrafo único. O registro civil será feito a pedido do interessado ou da autoridade administrativa competente. Art. 13º Haverá livros próprios, no órgão competente de assistência, para o registro administrativo de *nascimentos e óbitos dos índios*, da *cessação de sua incapacidade* e dos *casamentos contraídos segundo os costumes tribais*.
Parágrafo único. O registro administrativo constituirá, quando couber documento hábil para proceder ao registro civil do ato correspondente, admitido, na falta deste, como meio subsidiário de prova."
Lei n.º 6.001, de 19 de dezembro de 1973 –
Estatuto do Índio

"Art. 1º O assento de nascimento de indígena não integrado no Registro Civil das Pessoas Naturais é *facultativo*. Art. 2º No assento de nascimento do indígena, integrado ou não, deve ser lançado, a pedido do apresentante, o nome indígena do registrando, de sua livre escolha, não sendo caso de aplicação do art.º 55, parágrafo único da Lei n.º 6.015/73.
§ 1º No caso de registro de indígena, *a etnia do registrando pode ser lançada como sobrenome, a pedido do interessado.*
§ 2º A pedido do interessado, a aldeia de origem do indígena e a de seus pais poderão constar como informação

a respeito das respectivas naturalidades, juntamente com o município de nascimento.

§ 3º A pedido do interessado, poderão figurar, como observações do assento de nascimento, a *declaração do registrando como indígena e a indicação da respectiva etnia*.

§ 4º Em caso de dúvida fundada acerca do pedido de registro, o registrador poderá exigir o Registro Administrativo de Nascimento do Indígena – RANI, ou a presença de representante da FUNAI.

§ 5º Se o oficial suspeitar de fraude ou falsidade, submeterá o caso ao Juízo competente para fiscalização dos atos notariais e registrais, assim definido na órbita estadual e do Distrito Federal, comunicando-lhe os motivos da suspeita.

§ 6º O Oficial deverá comunicar imediatamente à FUNAI o assento de nascimento do indígena, para as providências necessárias ao *registro administrativo*.

Art. 3º O indígena já registrado no Serviço de Registro Civil das Pessoas Naturais poderá solicitar, na forma do art. 57º da Lei n.º 6.015/73, pela via judicial, a retificação do seu assento de nascimento, pessoalmente ou por representante legal, para inclusão das informações constantes do art. 2º, "caput" e § 1º.

§ 1º Caso a alteração decorra de equívocos que não dependem de maior indagação para imediata constatação, bem como nos casos de erro de grafia, a retificação poderá ser procedida na forma prevista no art. 110º da Lei n.º 6.015/73.

§ 2º Nos casos em que haja alterações de nome no decorrer da vida em razão da cultura ou do costume indígena, tais alterações podem ser averbadas à margem do registro na forma do art. 57º da Lei n.º 6.015/73, sendo obrigatório constar em todas as certidões do registro o inteiro teor destas averbações, para fins de segurança jurídica e de salvaguarda dos interesses de terceiros.

§ 3º Nos procedimentos judiciais de retificação ou alteração de nome, deve ser observado o benefício previsto na Lei n.º 1.060/50, levando-se em conta a situação sociocultural do indígena interessado.

Art. 4º O registro tardio do indígena poderá ser realizado:

I. *mediante a apresentação do RANI*;

II. mediante apresentação dos dados, em requerimento, por representante da Fundação Nacional do Índio – FUNAI a ser identificado no assento; ou

III. na forma do art. 46º da Lei n.º 6.015/73.

§ 1º Em caso de dúvida fundada acerca da autenticidade das declarações ou de suspeita de duplicidade de registro, o registrador poderá exigir a presença de representante da FUNAI e apresentação de certidão negativa de registro de nascimento das serventias de registro que tenham atribuição para os territórios em que nasceu o interessado, onde é situada sua aldeia de origem e onde esteja atendido pelo serviço de saúde.

§ 2º Persistindo a dúvida ou a suspeita, o registrador submeterá o caso ao Juízo competente para fiscalização dos atos notariais e registrais, assim definido na órbita estadual e do Distrito Federal, comunicando-lhe os motivos.

§ 3º O Oficial deverá comunicar o registro tardio de nascimento do indígena imediatamente à FUNAI, a qual informará o juízo competente quando constatada duplicidade, para que sejam tomadas as providências cabíveis.

Art. 5º Esta Resolução entra em vigor na data da sua publicação.
Brasília, 19 de abril de 2012."

Resolução Conjunta n.º 3,
de 19 de abril de 2012

"Toda pessoa tem direito ao nome, nele compreendido o prenome e o sobrenome."

Art. 16º – Código Civil, Lei n.º 10.406,
de 10 de janeiro de 2022

"As indígenas e os indígenas têm direito a escolher seus nomes próprios, de acordo com a sua cultura e suas tradições."

Registro Civil de Nascimento para os Povos Indígenas no Brasil/Secretaria de Direitos Humanos, Fundação Nacional do Índio/Brasília: Ministério da Justiça, 2014

"Art. 56º A pessoa registrada poderá, após ter atingido a maioridade civil, requerer pessoalmente e imotivadamente a alteração de seu prenome, independentemente de decisão judicial, e a alteração será averbada e publicada em meio eletrônico."

Lei Federal n.º 14.382/2022

RETOMADA DE NOSSOS NOMES

"Não necessitamos de permissão para ser livres."
Exército Zapatista de Libertação Nacional

Meu nome

Eu tenho um nome que ainda desconheço,
Uma palavra antiga tecida nas fibras de inajá.
Eu tenho um nome pelo qual os deuses me invocam.
Intimamente, de dentro escuto chamar.
Eu também tenho outro nome, que pertence à língua
e à nação, que insiste em me borrar do papel [branco].
Eles sabem que, ainda borrado, o grafite resiste.
Mesmo apagada, a marca do traço fica,
não tão invisível, assim como eu.
Escrevo ao longo da vida o nome *exótico* que me foi dado.
Ao modo daqueles que vivem longe de suas atro-cidades.
Assino esse nome muitas vezes e, embora ele esteja
nos documentos oficiais, ele não é meu, assim como os
muitos nomes de nossos montes, montanhas, serras, rios
e caminhos que foram renomeados por – *exclusivamente,*
mas não risível – [descendentes de europeus?].

Eu tenho um nome que é a pele do meu corpo
E cobre a extensão de dentro e de fora de mim,
A confissão de quem sou,
O povo ao qual pertenço.

Meu nome, eu sinto,
é da terra.
É um espírito
que me invoca à florestania.

Quando você vai perguntar meu nome?

Quando você vai perguntar meu nome?

O primeiro nome dado a nós foi "pardos", depois
"negros da terra"; este, proibido em 1758
por lei, foi substituído oficialmente pelo nome que era
recorrente desde o tempo da invasão: "índios".
Contudo, não parou por aí.
Ainda fomos nomeados no Código Civil como "silvícolas" –
e ainda somos chamados de "cabocos",
"bugres" e "isolados".
"Americanos" e "pré-colombianos" ainda é usado
pela literatura histórica e antropológica:
a marca de dois genocidas nos crucificando todos os dias.
Fico me perguntando quantas camadas precisaremos
descascar para falar de coisas sérias.
Quando perguntam, em raras ocasiões,
o nome do povo ao qual pertenço,
tenho a oportunidade de responder: Makuxi.
E à pele do corpo que visto, Trudruá,
formiga que anda pelos caminhos de Makunaimã.
Os nomes dançam com a energia do poente, vibrando
meu passo na imensidão de árvores
que brotam no lavrado.
Aqui, onde sabemos todos os nomes, sabemos.
Quando você vai me chamar pelo meu nome?

Retomada é um paradigma

É um modo de vida.
Trata-se de pertencimento.
Subjetividade.
Autoestima.
Trata-se de reaver nossa história,
nossos cabelos, nossas pinturas.
De olhar nosso corpo e sentir a beleza
que vem da terra, da qual tanto nos orgulhamos.
Trata-se sempre de nós.
De como reconstruímos relações fraternas e afetivas.
De como somos mais fortes em rede.
Retomada é um paradigma de poesia.

Cumplicidade

Tocando tua pele
Sinto a energia da qual nos originamos
Olhando teus olhos e lendo
As conjugações de nossos tempos,
De nossos verbos,
De nossos pronomes,
Nossos primeiros nomes.
Ouvindo a tua voz e sentindo
O pacto que fizemos em outros tempos
de obedecer ao antigo chamado
de gerar ancestralidades.
Eu olho teus olhos
e é o nosso livro
Que escolho continuar lendo.

Retomada

Como você se atreve a nos chamar de pobres, hoje,
Se foi você que tirou nossa terra?
Como você se atreve a nos chamar de feios
Depois de ter violado nossas mulheres?
Como você se atreve a nos chamar de preguiçosos
Se foi com nosso trabalho que construiu seu mundo?
Não somos pobres,
Fomos empobrecidos.
Não somos feios,
Fomos embranquecidos.
Não somos preguiçosos,
Fomos escravizados e tutelados.
Como você se atreve?
Os antepassados lutaram pela nossa história,
Por isso buscamos reaver:
Nossos nomes,
A terra que nos foi roubada,
A voz silenciada,
O corpo ocultado.
Nossas belezas,
Nossos encantados,
Nossos povos,
Nossas vidas.
Então,
Nunca mais se atreva a nos diminuir no seu espelho.
A NOSSA RETOMADA É ANCESTRAL!

De que chuva você está falando?

Os mais velhos dizem que o português é uma língua emprestada
que nos serve muito pouco.
Criada em um lugar diferente do nosso,
só devemos saber proferi-la para não ser enganados
por eles.
Eles são os que falam a língua portuguesa,
essa *gíria* que falsifica nossas verdades.
Chamando de colonização o que deveria
ser nomeado como genocídio.
Chamando-nos de "índios" em vez de nossos nomes
de povos originários.
Chamando de integração o que deveria
ser chamado de depopulação.
O Brasil é minha colônia.
Você sabe o que é ser civilizado?

A língua Makuxi, o Makuxi Maimu,
foi criada na nossa terra.
As chuvas que despencam do céu são os antigos o'ma'kon
que subiram para chover, e eles têm nomes.
Maritî, Tamîkan, Pe'pînon, Misussu, Mîri, Tauna,
Iwankan, Kaiwîno'kîmî Piá, Xu'rari.

Quando estamos deitados na cama de mãos entrelaça-
das, olhando as lágrimas que choram do céu, e você me diz:
– Está chovendo lá fora, amor…
Eu me pergunto de que chuva você está falando.
De que chuva você está falando?

Colonizar

Verbo Transitivo Direto sobre os Povos Indígenas
Fazer com que seja explorado como colônia; empobrecer
território(s): Portugal escravizou Pindorama-Brasil
durante séculos.
Modo de destruição de colono: Algumas civilizações
seguem devastando a Abya Yala.
[Figurado] Apropriar-se de; propagar-se como praga;
invadir: alguns países demonizam o mundo inteiro.

Esse luto nunca acabou para nós,
ou mesmo a luta.

Canção de ninar colonial

Quando ela diz que está descobrindo meu corpo
com sua voz doce no café da manhã,

eu dou um gole na bebida e fito seus olhos
doces e fatais,
a textura da sua pele é uma nação –

que conheço bem.

Eu sou um mapa que ela nunca viu,
porque ela performa a colonização.

Ela fala de "índios", eu digo que não é assim que se fala,
ela agradece e responde que está aprendendo
e eu repito que não sou sua escola. Ela diz que me ama e
que não é isso.

Ela executa a dominação.

Quando encontramos pessoas e vamos nos apresentar,
ela se adianta – até com certo orgulho –
e diz que sou indígena.
E eles selam o pacto, o contrato,
de nunca me deixar esquecer a identidade
e a história que produziram para mim.

Eu a beijo, sim, ela é a continuidade
desse paradoxo que toco,
que gozo, que sinto.

Ela me reverencia, mas eu continuo sendo
o que sempre fomos neste país.

Etnônimos

O ator *Ejiwajegi*
A artista *Huni Kuin*
O doutor em antropologia *Yepá Mahsã*
O artigo jurídico de resposta dos *Kinja*(s)
O escritor *Balatiponé*
As canções *Magüta*
E *M'byá*
A literatura indígena *Wuyjuyu*

A poesia está no nosso nome,
No som que ela canta, na metáfora da terra que ela ensina.
Não saber nosso nome próprio é uma doença colonial.

Os últimos brasileiros

Nos chamam de "os primeiros brasileiros",
Mas o que eles não contam
É que nós fomos os últimos a
conquistar a cidadania brasileira.

No passado, o Estatuto do *Índio*
concedeu a cidadania
em troca dos direitos originários:
A banca do Estado só tem um lado.

– Parabéns, agora você é um cidadão brasileiro!
E toma a Terra.
– Você já pode trabalhar!
E toma a Terra.
– Você já está integrado aos nossos costumes e sociedade!
E toma toda a nossa Terra e nossas Identidades...
O sonho de reaver nossos direitos políticos
veio com a Constituição Federal, em 1988.
E com ela a primeira vez que, enfim,
pudemos ser indígenas e cidadãos brasileiros,
como fruto da luta do Movimento Indígena.

Desonesto nos chamar de "os primeiros brasileiros"
e nos ameaçar com a inconstitucional tese do Marco
Temporal,
ainda em julgamento no tempo deste poema.
Você não acha triste eu ter que contar essa história?

CENA 2

PRODUÇÃO DE RACISMO INDÍGENA

"Também andavam, entre eles, quatro ou cinco mulheres moças, nuas como eles, *que não pareciam mal. Entre elas andava uma com uma coxa, do joelho até o quadril, e a nádega, toda tinta daquela tintura preta; e o resto, tudo da sua própria cor. Outra trazia ambos os joelhos, com as curvas assim tintas, e também os colos dos pés; e suas vergonhas tão nuas e com tanta inocência descobertas, que nisso não havia nenhuma vergonha.*"

(Carta de Descobrimento do Brasil,
22 de abril de 1500.)

"– Não digo de todo que não, sr. cavalheiro; confesso que D. Diogo cometeu uma imprudência matando essa *índia*.

– Dize uma barbaria, uma loucura!... Não penses que com ser meu filho o desculpo!

– Julgais com demasiada severidade.

– E o devo, porque um fidalgo que mata uma criatura fraca e inofensiva comete uma ação baixa e indigna. Durante trinta anos que me acompanhas, sabes como trato os meus inimigos; pois bem, a minha espada, que tem abatido tantos homens na guerra, cair-me-ia da mão se, num momento de desvario, a erguesse contra uma mulher.

– *Mas é preciso ver que casta de mulher é esta, uma selvagem…*"

*

Sua filha, D. Cecília, que tinha dezoito anos, e que era a deusa desse pequeno mundo que ela iluminava com o seu sorriso, e alegrava com o seu gênio travesso e a sua mimosa faceirice.

D. Isabel, sua sobrinha, que os companheiros de D. Antônio, embora nada dissessem, suspeitavam ser o fruto dos amores do velho fidalgo por uma *índia que havia cativado* em uma das suas explorações.

*

— Prima, disse a moça com um ligeiro tom de repreensão, tratas muito injustamente esse *pobre índio* que não te fez mal algum.

— Ora, Cecília, como queres que se trate *um selvagem* que tem a *pele escura e o sangue vermelho*? Tua mãe não diz que *um índio é um animal como um cavalo ou um cão*?

Estas últimas palavras foram ditas com uma ironia amarga, que a filha de Antônio de Mariz compreendeu perfeitamente.

— Isabel!... — exclamou ela ressentida.

— Sei que tu não pensas assim, Cecília; e que o teu bom coração não olha a cor do rosto para conhecer a alma. Mas os outros?... Cuidas que não percebo o desdém com que me tratam?

(***O Guarani***, 1857, de José de Alencar)

"88 Entre os meios, mais proporcionados para se conseguir tão virtuoso, útil, e santo fim, nenhum é mais eficaz que procurar por via de casamentos esta importantíssima união. Pelo que recomendo aos Diretores, que apliquem um incessante cuidado em facilitar, e promover pela sua parte os matrimônios entre os Brancos, e os Índios, para que por meio deste sagrado vínculo se acabe de extinguir totalmente aquela odiosíssima distinção, que as nações mais polidas do mundo abominavam sempre, como inimigo comum do seu verdadeiro, e fundamental estabelecimento."

"89 Para facilitar os ditos matrimônios, empregarão os Diretores toda a eficácia do seu zelo em persuadir a todas as Pessoas Brancas, que assistirem nas suas Povoações, que os Índios tanto não são de inferior qualidade a respeito delas, que dignando-se Sua Majestade de os habilitar para todas aquelas honras competentes às graduações dos seus postos, consequentemente ficam logrando os mesmos privilégios as Pessoas que casarem com os ditos índios; desterrando-se por este modo as prejudicialíssimas imaginações dos Moradores deste Estado, que sempre reputaram por infâmia semelhantes matrimônios."

Diretório dos Índios, 1758

RETOMADA DE AMOR (PRÓPRIO)

"O céu é liberdade e a fé é encontrá-la."
Eliane Potiguara

Presa

Todos nós, algum dia, já fomos presa de brancos.
Então desço a rodovia
E vou em sua direção.
Eu sei que o que estou fazendo é errado,
Porque o efeito que isso me proporcionará
Tem o sabor de veneno
Desse vício,
Do qual me recupero,
Mas volto.

Todos nós, algum dia, já fomos presas de brancos,
Amantes de seus corpos, em todos os seus infortúnios.
Amamos mesmo quando estivemos miseráveis.
Amamos?

Desço a rodovia.
O rádio no carro instaura um ar nostálgico,
Mas não foi sempre assim?
Não estivemos sempre doentes?

Já nomeamos nossos traumas,
Lhes reconhecemos,
Repetimos comportamentos,
Porque não temos para onde escapar,
Todos nós, algum dia, já fomos presa de brancos.

Me abrigo nos braços, nos cabelos e na terra dos meus,
Um remédio em dias que os dias estão mais turvos.

Eu sei que estamos doentes.
Lá fora as crianças correm e sorriem,
É um milagre abrir a boca e fazer isso, e ainda assim
fazemos.

Só um pouco de raiva
para não assustar você

Se falo exclusivamente da luta, fico exausta;
Se falo de estudo ou arte, como se não existisse
uma guerra diária, sinto o impacto de evitar a nossa
reivindicação por direitos.

Eu não nasci pra ter ódio do mundo que destruiu
nossa autonomia?

Eu não nasci como um projeto coletivo de sobrevivência?
Você não acha absurdo eu usar a palavra so-bre-vi-vên-cia?

Eu tenho memória
De quem fomos e de quem poderíamos ter sido
– e, ainda assim, de quem ainda somos.
O meu abismo transcende a fronteira do seu corpo,
Mas eu mostro só um pouquinho da minha raiva
pra não assustar você,
Só que isso não quer dizer que eu não saiba quem sou.
E-u-s-o-u-d-a-l-u-t-a.

O que é o amor indígena

É sentir o sol sob a pele,
A brisa nos cabelos,
Os pés afundar no barro,
É ter a cor da terra,
É se sentir raiz,
Semente,
Flor,
Florescer.

É sentir a beleza da pele que acolhe
E apreciar as mudanças das estações
Em cada um dos traços
Visíveis e invisíveis.

É pintar-se de branco, vermelho e preto
Para honrar os ancestrais.

É juntar os braços nas danças,
Partilhar a bebida tradicional,
Admirar o horizonte quando canta
O galo mais uma vez.
É conhecer as origens das plantas,
Do dia e da noite, e dos animais.

É todo dia e sempre
Se refazer,
Se transformar
Com mais ternura e calma.

Silêncio

O silêncio é a fala da terra.
Ele diz
como devemos
pisar o chão,
plantar a roça
e amar.

Eu sou quem eu amo?

Os bisavós do meu companheiro mataram os meus bisavós
Em mais uma disputa desigual pela nossa terra
Com armas de fogo, vírus e bíblia.
Nossos parentes foram devastados.

Mas eis que, quinhentos anos depois, nossos pais –
Pois os pais de seus pais, e os pais de seus pais,
Não nos deixaram esquecer essa história –
Nos lembram de por que chegamos aqui
Com pouca saúde.

Saúde é uma preocupação importante para nosso povo.
A primeira pergunta que os mais velhos e os jovens fazem
quando nos encontramos
É se estamos bem de saúde.
Pry'a nan? Enunciam
Antes do trabalho, dos afazeres domésticos,
de viagens e aventuras,

Querem saber se nosso coração está sereno e forte,
Se estamos preparados para mais uma dança parixara.
Eu sou quem eu amo?
O corpo branco do meu companheiro transita pelos
cômodos da casa
Enquanto seus pecados antigos o acompanham.
Ele é a memória viva da dor a que fomos decretados.

Eu sou quem eu amo?

Nossas cores se abraçam e gozam o amor
que eu busco,
Mas nossas cores não se misturam,
E ao fim da cama há uma fronteira,
A fronteira do amor,
herança antiga do meu companheiro
e a qual por mais que eu escale
nunca consigo ultrapassar.
No espelho
Vejo a minha imagem refletida
E a de meus pais, avós, bisavós,
E eu os amo,
Eu sou quem eu amo.

Um futuro para chamar de nosso

Estamos todos reunidos
em uma mesa de jantar
E falamos de coisas
banais
e sorrimos
E sonhamos com livros,
filmes
e nossas danças.

Se esse não é o futuro
e o passado,
então não sei o que pode ser
mais completo,
mais sagrado,
mais presente.

Esse é um tempo para
chamar de nosso,
e tudo que vivemos juntos
são rastros que nenhuma colonização pode apagar.

Pausa e voo

O nosso espírito se sente bem
quando pisamos o nosso cháo

O jeito é trazer a terra com a gente
Para esses lugares que a gente vai
Para esses lugares que a gente voa.

Parixara

O verso pisa macio
Um passo
Pra frente
E pra trás
Pra frente
E pra trás
Cerimônia ancestral.

Feridas

Meu irmão tem feridas antigas
Quando eu as vejo sei, ainda que queira ignorar,
que elas também são minhas.
Leva um tempo para reconhecer e tratar doenças
crônicas,
Leva mais ainda para curá-las.

Ainda dizem que não temos direito ao amor
Que não somos dignos de respeito
Que temos menos valor ou quase nenhum
Em algum momento acreditamos e as feridas nos
consumiram por dentro do corpo
manifestando-se em nossos olhos.

Às vezes bebemos para amortecer a dor que não passa
Às vezes amamos freneticamente em busca de algum
remédio que possa amenizar a miserável latência.

As feridas estão abertas
E ao sinal de qualquer palavra venenosa
Elas infeccionam novamente.
Rezo para ter a medula saudável
Capaz de sustentar o corpo das dores irradiadas que não
cessam
Mas eu só posso desabar e recomeçar o tratamento
mais uma vez e mais uma vez.

Desejo histórico

Como ímã sou atraída para seus olhos
Sua beleza é de uma pessoa confortável
Morando em um corpo confortável
Enquanto sei que o mundo foi construído para ele
Me sinto arrasada

Como personagem no lugar errado
No corpo errado
Na estação errada
No mundo errado

Como ímã
Meu corpo involuntariamente acende
Minha força oposta resiste
Do outro lado da sala,
Da vida,
Ele está inerte, semi-imóvel

A força do corpo branco não é inenarrável
Tem cinco séculos de história.

Sabemos muito bem,
Palavra de nossos velhos,
Que forças opostas não se atraem, se repelem
Porque o choque pra nós é fatal.

Eu sou teu país?

Quando você me chama de *índia*,
está dizendo que eu sou o teu país?
Quando caminho pela rua e alguém grita esse apelido,
espero em seguida uma continência
Ansiando que esses novos convertidos, porque sim,
se sou um país também sou uma religião,
passem a reverenciar os animais e os rios
a rezar, a caminhar, a cantar.

Quando você me chama de *índia*, está me dizendo
que serei o teu país?

A palavra de amor enlaça minhas mãos,
envolve meus cabelos
enquanto contemplamos mais um pôr-do-sol,
em mais um dia atípico.
Quando teus olhos brilham,
eu sei que eu sou a tua pátria –
Um país vencido, com fundação ignorada,
língua ameaçada e território tutelado.
Você canta a canção do amor,
mas sou eu quem canto para recuperar meu país.

Autodeterminação

Karaiwa para os Makuxis
Napë para os Yanomami
Cupéns para os Mehin.

Para os portugueses: índio
Para os espanhóis: índio
Para os franceses: índio.

Yalanawi para os Baniwa
Juruá para os Guarani Mbyá
Karaiwenau para os Wapichana.

Para os holandeses: índio
Para os ingleses: índio
Para os norte-americanos: índio.

Noá para os Chana-Chayúa
Fóg para os Kaingang
Idxihi para os Pataxó.

Para os brasileiros: índio.

Para todo Estado-nação:
Índio
Descobrimento
Integração.

Para todo Estado-Indígena:
Autodeterminação.

Promíscua

Eu, que fui ensinada a odiar minha pele
odiar minha altura
odiar meus olhos
Odiar meus cabelos pretos
Eu que fui ensinada a odiar meu sorriso alto
Minha cordialidade
Odiar meu corpo, meu espírito.

Eu que vigiei meus trejeitos,
não consegui perceber que me precede a sina de
nômade, promíscua, arranchada ou aldeada:
selvagem
selvagem
selvagem.

Eu, condenada pela natureza do vício à corrupção,
à fornicação.
Eu que fui ensinada a me odiar profundamente
em todas as minhas superfícies e relevos
[igualmente selvagens?]
Eu
Eu
Eu...
Que estou aprendendo a amar cada curva em mim
Volto o rosto em sua direção
A pele da terra tem outro olhar
É breve, mas é um arrebatamento dessa solidão.

Mito

As crenças indígenas foram definidas
– exaustivamente – como *mitos*.
Mito, *lenda*, *folclore* são algumas das diversas derivações
que perseguem nossa profissão de fé.
São os corpos brancos que determinam serem *mitos*
nossa forma de congregar.
São eles que registram nossas orações em livros
e difundem-nas como premissa *tradicional* pelo mundo.
Tradicional é mais uma forma de dizer
que somos pré-modernos e *primitivos*.
Isso quer dizer que ainda somos tratados
como se estivéssemos no primeiro estágio da humanidade,
da cadeia evolutiva.
Essa ideia foi cientificamente superada,
mas ainda estamos tendo essa conversa.
Não somos chamados de povos e populações tradicionais?
A gradação é infalível: se meu Deus é um *mito*,
se os espíritos que reverencio são *mitos*,
eu também sou um *mito*.
Eu sou o fantasma, o pesadelo mais inoportuno
do mundo moderno: um fóssil vivo lembrando
todo dia que sobrevivemos.
Mas eis que vou contar um mito:
Começa com o *Descobrimento*
e você sabe em que parte dessa ficção estamos...

Amor

Um princípio muito antigo de amar
que nossos antepassados nos ensinaram
é que não importa a forma,
amor é amor.
Esse segredo a céu aberto
presente em nossas histórias
diz muito de por que elas *foram e são* chamadas de *mito*,
lenda ou *fábula.*
O amor, pelo menos pra nós, é livre.

O que é e o que não é poesia

A Lei de Pombal não é uma poesia
assim como não é a Lei de Terras
ou o Código Civil de 1916
Ainda o SPI
e até 2023 a FUNAI.

Tampouco foi poesia o Estatuto do Índio
Nem o Marco Temporal
não há verso possível aqui.

É poesia a Constituição Federal
A Demarcação de Terras
O Decreto número 3 do Conselho Nacional de Justiça
O Dia Nacional dos Povos Indígenas
e ainda o Ministério dos Povos Indígenas.

É poesia a APIB
e o Acampamento Terra Livre
A autonomia
A liberdade
e toda nossa recente eleição.

A nossa luta tem lágrimas
mas também revolução.

CENA 3
PRODUÇÃO DO
MITO DA TERRA VAZIA

*E assim cada vez se vai fazendo mais próspera, e depois que as terras viçosas se forem povoando (**que agora estão desertas por falta de gente**) hão de se fazer nelas grossas fazendas como já são feitas nas que possuem os moradores da terra, e também se espera desta província que por muito tempo floresça tanto na riqueza como as Antilhas de Castela por que é certo ser em si a terra muito rica e haver nela muitos metais, **os quais até agora se não descobrem ou por não haver gente na terra para cometer esta empresa, ou também por negligência dos moradores que se não querem dispor a esse trabalho**: qual seja a causa por que o deixam de fazer não sei.*

– Tratado da Terra do Brasil,
de Pero Magalhães de Gândavo, 1826.

– Tenho sessenta anos, continuou D. Antônio; estou velho. O contato **deste solo virgem** do Brasil, o ar paro destes desertos, remoçou-me durante os últimos anos; mas a natureza reassume os seus direitos; e sinto que o antigo vigor cede a lei da criação que manda voltar à terra aquilo que veio da terra.

– *O Guarani*, de José de Alencar, 1857.

RETOMADA DA FLORESTANIA

"Os rios, esses seres que sempre habitaram os mundos em diferentes formas, são quem me sugerem que, se há futuro a ser cogitado, esse futuro é ancestral, porque já estava aqui."

– Ailton Krenak

Terra não é mercadoria
Terra não é mercadoria
Terra não é mercadoria
Terra não é mercadoria
Terra não é mercadoria
Terra não é mercadoria
Terra não é mercadoria
Terra não é mercadoria
Terra não é mercadoria
Terra não é mercadoria
Terra não é mercadoria
Terra não é mercadoria
Terra não é mercadoria
Terra não é mercadoria
Terra não é mercadoria
Terra não é mercadoria
Terra não é mercadoria
Terra não é mercadoria
Terra não é mercadoria
Terra não é mercadoria

– Davi Kopenawa

Terra não é mercadoria

Meu pai, um homem quechua do Peru,
descia o barracão em busca de ouro.
Não é a primeira vez que conto essa história.
Ele ficava ausente por dias, semanas, meses.
E às vezes voltava de supetão,
como se lembrasse do lar que tinha.
Quando eu era criança testemunhei em nossas pescas ele
atirar pedrinhas no rio antes de lançar
a linha com o anzol.
Meu pai que era um homem indígena,
que comia do peixe que a terra dava,
que comia a caça que a mata dava,
que comia o fruto que o açaizeiro dava, pecou.
Sabemos que o pecado é cristão,
mas quem disse que não temos religião?
Quando ele desceu ao garimpo,
ele que consagrava a terra, que vivia dela, pecou.
Até hoje vagueia pelo mundo enfeitiçado.
A terra não é mercadoria.

Vô Iruri – Madeira

O vô correu correu
Com as piranhas e os botos,
Com as jatuaranas e os tambaquis,
Com as cobras e os jacarés,
Com todas as gentes não-humanas do rio;
O vô era um encantado
E por vezes trocava de pele pra ver como andava o mundo
Às vezes vinha de gente, outras de mangueira,
algumas vezes perdida, de jaguatirica;
Um dia, num de seus passeios,
o vô viu alguns de seus netos em cima de dragas
no meio do rio:
Bêbados!
Jogando prato, prata, pano, plástico
Parem.
O vô chorou.
O dinheiro é o veneno da alma.
O vô achou que ia parar
Ouro, correntes, pulseirinhas, anéis, casamentos,
filhos, netos, bisnetos, tataranetos,
Sem água.

O vô podia ser eterno
Mas fez a travessia jovem.
Só que ninguém sabia que quando ele se fosse
Todas as gentes iam também.
E foi assim que nós desaparecemos.
Feito fome
Feito sede
Feito noite
Feito morte.

Pemonkon

Meus avós navegaram
a primeira canoa
das águas dos deuses
Eu remo
em direção ao sonho
à palavra antiga.

Eu sempre volto
um passo atrás
– é princípio ancestral
E afundo e emerjo
nessas águas encantadas
– elas são meu corpo.

Árvore de ideias contracoloniais

Atitudes hostis: A primeira tentativa do estabelecimento luso-brasileiro na área rio-branquense foi de caráter militar, a partir de 1775, com o início da construção do Forte São Joaquim, na confluência dos rios Uraricoera e Tacutu. Embora os Makuxi sempre se mostrassem retraídos a uma aproximação do Forte, nem sempre tiveram atitudes hostis.
Resistência à escravização/dominação.

Código colonial: (Cf. Im Thurn, 1967; Laraia, 1968; Nimuendajú, 1915; Koch-Grünberg, 1953; Wagley e Galvao, 1955).
Referências que embasam o colonialismo utilizam a lógica de escrever citando os artigos que os apoiam em registros anteriores. Todos detêm uma perspectiva colonial de descobrimento dos 'índios', cujas narrativas são classificadas como mitológicas, e o modo de vida é determinado, nessa visão, como pobreza de economia: a caça e a pesca.

Descobrimento: Sabemos que o conhecimento do Rio Branco pelos **portugueses** data de **1655** e seu inteiro **descobrimento** foi pelos mesmos alcançado pelos anos de **1670** ou **1671** (Ribeiro de Sampaio, 1850, 206-208).
A retórica do "descobrimento" é contínua e permanente, seja no século 15, 16 ou 17, a narrativa oficial colonial dos portugueses mantém-se e ainda é citada nos séculos 19 e 20 como legítimas e inofensivas. Descobrimento é um paradigma moderno e um eufemismo para genocídio, etnocídio e

colonialismo. Em outras palavras, escravização, expropriação territorial, extinção de línguas nativas, assassinato em massa, empobrecimento de povos não brancos. O genocídio indígena só começou em 1500.

Receber presentes: Em maio de 1784 o cabo **Miguel Archanjo,** chefiando uma escolta, esteve no rio **Tacutu** e foi bem recebido por aqueles indígenas. Nesse mesmo ano, **Annanahy** um "principal" dos Makuxi acompanhou uma escolta até a Fortaleza, onde recebeu presentes e, por sua vez, prometeu que oportunamente desceria com sua gente. Mas, a escolta que foi buscá-los encontrou apenas suas casas vazias.

Panelas, anzol, linhas, ferramentas para pesca e caça sempre foram descritos como presentes menores, como bugigangas. Nosso princípio ancestral da troca, a economia da troca sempre foi subestimada e diminuída. A troca é movimento, é fluidez, é contrária ao acúmulo, é também uma filosofia que ensina a morrer. Eu ri com esse relato porque consigo notar a inteligência dos meus antepassados em sentir que aquela troca não era justa, a ponto de fugir sem dar satisfação. Não temos nenhum compromisso ou responsabilidade com aqueles que buscam nos dominar. Nosso compromisso é com a liberdade.

Marcos Temporais

O começo de 1500 não é nosso
tampouco o conceito de primitivos,
pré-modernos, tradicionais.
Nem toda essa linguagem
que decreta inícios e vícios coloniais.
Não é nosso o Marco, ou as Fronteiras,
ou as Aldeias, ou qualquer parâmetro de hierarquização.
Não tem mais ou menos identidade
– fronteira simbólica desse Estado-nação.
Se reconhecemos a cidadania brasileira, indígenas,
etnias, que vivem em reservas, em terras demarcadas
é porque confederamos
negociamos
mobilizamos
e acampamos
desde o marco temporal da invasão.
"É nosso direito viver na floresta
segundo nossos ancestrais."

Contramonocultura

Os espantalhos do mal florescem,
soja e milho transgênico produzem
esse ser que dominará a terra
e enfraquecerá nossos ossos
É isso uma profecia?

Todos os animais impressos nas notas reais
ou já foram extintos ou estão à beira da extinção.
Foi isso uma profecia?

Nos escondemos muito bem durante o tempo
que o governo nos caçou,
Mas alguém está doido para acertar uma bala
em nossas cabeças,
ansiando para que "invadamos" suas
– mas que já eram nossas –
"propriedades privadas".

Nossas avós morriam depois de uma vida longeva,
depois de contarem muitas histórias.
Era o certo e justo.

Eu uso tranças no cabelo, como minha mãe,
como minha vó, como todas as mulheres de nossa família.
Mesmo hoje sedentárias,
conhecemos as estações de nossa terra,
porque houve um tempo que morávamos nelas,
nos mudávamos com elas.

Makunaimã é nosso avô,
um título que pode ser traduzido para herói.
Nossos nomes são sempre gente da floresta,
para lembrar nossa devoção.
Qualquer presidente que deseje nossa morte
nunca será uma boa pessoa.
Toda memória de qualquer fundador profana eternamente
nossos corpos e o legado de nosso povo.
Todas as nossas histórias são chamadas de etiológicas,
mais um nome para dizer que são conhecimentos.

Se essa terra sempre foi nossa, ela sempre será.
Devagar com nossa história, qualquer tentativa de
apressá-la será um sacrilégio.
O meu tempo não é lento, é longo.

Genocídio

Quando morre uma mulher indígena,
Morre um pouco do povo,
Morre um pouco de todos nós [indígenas]
E muitos sonhos
E o direito de determinarmos nosso próprio destino.

Morre um pouco da [mãe] terra,
Pois é menos uma natureza a estimá-la.

Quando morre uma mulher indígena...
Não.
Quando é assassinada uma mulher indígena,
Nossas indignações pulsam no peito mais forte,
Ante o curso incomum da desumanidade
Não deveria ser naturalizado, nem possível,
pois morrem[os] mulheres indígenas.

Manifesto da Literatura Indígena Contemporânea

A poesia é dos nossos ancestrais: das árvores,
do gavião-rei e todos os animais.
É a poesia do agora.
É a poesia da revolta.
Subversiva.
É a poesia de vôs. De Makunaimã, Anikê e Insikiran!
Dos confederados da Terra,
Continuação de Tamoios.
Agarramos o rabo do século XX
pelas letras do alfabeto latino,
Escrevemos para honrar nossos antepassados,
Escrevemos para determinarmos nosso próprio destino.
Autodeterminação.
Basta de desculpas antropofágicas, de boas intenções,
cheias de homenagens e inspirações.
Chega de tomar nossas identidades e narrativas,
transformadas em espaço de ocupações brancas.
Basta de apropriações.
Queremos autodeterminação!
Somos originários.
A nossa poesia é a do Boto, da Cobra-Grande,
do Curupira, do Mapinguari, da Matinta, do Djatchy.
São os encantados que vêm do corpo da floresta para o
branco corpo desta pintura-escrita, como diz o poeta vivo
Kaká Werá.
Somos vozes da terra. E estamos vivos. Mesmo se
morremos, continuamos vivos. Assim foi desde sempre.

E assim é.

Somos Povos, Nações.

Exaltamos a nossa economia de palavras: bem-viver,
floresta, espíritos, mundos, pluriversos, liberdade,
soberania, Abya Yala.

Garimpo, exploração e pulverização são palavras-ideias
que devoram a terra. Queremos outra linguagem, pois
nossa língua canta a terra.

A língua do colonizador sonha o mundo de além-mar,
do além-céu, mas nós pertencemos a esta terra.

Não somos estrangeiros! Não vamos nos mudar.

Nosso retorno é para nossa casa, aqui, agora.

Políticos demais?

O bom selvagem nunca nos salvou.

A antropofagia nunca nos salvou.

Ou você já viu alguém que é chamado de "selvagem"
e "primitivo" ser tratado como gente?

Self-determination.

Moquém Surarî.

Karib or not Karib? Tupi, Jê, Aruak, Yanomami
O nosso mundo é do "e" mais "e" mais "e",
Não do "ou".

Autodeterminação
Para dizer que nossas terras não cabem na topografia
e nas fronteiras do Brasil.

Etnoterritórios.

O coma colonial é assim: perverso. Implacável.

Onipresente. Basta!

A nossa resistência é ancestral.

Um poema é indígena quando entoado
por um corpo indígena.

Ameríndio?

Quantas vezes nove vocês vão camuflar
a vontade de subserviência?
Nosso corpo reverencia a floresta, não as pessoas.
Nossa poesia é semente daquilo que somos.
E somos terra.
Vestimos paraquedas coloridos
porque gostamos de cor. Jenipapo, urucum e tabatinga.
Celebramos as cores, os cunhados e os avôs.
O infinito, o projeto, o sonho, é tudo aqui.
Nós somos Abya Yala. Originários. Comunidade.
O passado. O presente. O futuro.
Poesias de Makunaimã!

Erro de português

Makunaimã,
inconformado,
correu
o lavrado
E foi para
São Paulo
Dar aula de
Gramática.
Repitam comigo:
– É Makunaimã!

Gare

O poeta canta a gare,
Mas eu não consigo construir a imagem da gare.

Gare tem em estação de trem,
Nem tem estação na minha cidade.

Eles saberão o que é tapiri, tipiti, jamaxim
no tempo desse poema?

Paradoxo

Antigamente me chamavam de *índia*
Pra me ofender;
Hoje que eu digo com orgulho
Que sou indígena Makuxi,
Eles dizem que eu não sou.
Quando estavam me ofendendo, eu era.
E agora que tenho orgulho
Eu não sou?

Salvação colonial

"Tropas de resgate"
vieram nos salvar – de nós mesmos.
O *paraíso* veio como trabalho forçado,
outro eufemismo para escravização,
em povoados portugueses, espanhóis e holandeses.
"Entradas"
de varíola e sarampo
foram só o começo
de um eterno retorno miserável.
6 de junho de 1755,
uma data infame
para uma política infame.
Heróis dissidentes foram chamados de *fugitivos*
e esquecidos.
E ficou a figura do *astrólogo romântico*
à espera, passiva, da salvação – que nunca veio.
"Parece que suspiravam aqueles 'índios' pela nossa
sujeição" foi o cinismo que recebemos.
Na nossa experiência, quem contou as histórias de
cativeiro
foram os brancos.
Vocês brancos não têm alma.
Contar o outro lado da história é fazer poesia.
E a minha poesia é só mais um ato dessa revolução.

CENA 4
TEMPO DE FICÇÃO

Museus vivos

Peneiras, cestos, panelas de barro, arco e flecha e cocares até pouco tempo atrás eram peças exclusivas e permanentemente expostas nos museus brasileiros. Como se fôssemos povos de tempos passados, radicados no tempo da invasão, as peças representavam os "artefatos primitivos", a pré-modernidade do homem "selvagem". A mensagem transmitida era a de que os "verdadeiros" indígenas, os remanescentes dos primeiros povos contatados em 1500, eram aqueles que ainda mantinham seus "artefatos" como ferramentas de trabalho. O considerado "verdadeiro" indígena para a instituição-museu era aquele que vivia na floresta, longe do homem branco e da civilização – desprovida de humanidade –, dentro da mata "profunda", precisamente, no bioma Amazônia.

Para contestar a definição primitiva, nós começamos a exigir a presença da nossa pintura nos museus, em bienais e exposições. Duhigó, artista indígena do povo Tukano, foi a primeira mulher a ter sua obra adquirida pelo Museu de Arte de São Paulo (MASP). Em 2021, o museu incorporou ao acervo a obra *Nepũ Arquepũ*, que, em língua Tukano, significa "Rede macaco". Contudo, a peça não integra a exposição permanente.

Muitos artistas de diferentes nações indígenas, à semelhança de Duhigó, como os Macuxis, Wapichanas, Baniwas, Tupinambás e outros, passaram a demarcar, como a terra, com nossas artes e corpos, os museus para anunciar que não somos seres do passado, para mostrar que sempre tivemos voz e talentos artísticos, autônomos e potentes. Nesses espaços, dançamos, cantamos, pitamos nosso cachimbo sagrado, fazemos representações de cerimônias, muitas vezes desafiando o sagrado, para nos fazer presentes. Em 2022 a primeira curadora indígena, Sandra Benites, do povo Guarani, pediu desligamento do MASP após a instituição recusar a curadoria de fotos do Movimento dos Trabalhadores Sem-Teto (MTST), que pregam autonomia alimentar e terra para todos. O museu nem sequer fez questão de justificar a exclusão de corpos e artes de minorias políticas que lutam por dignidade humana. É esse tipo de situação que vivemos ainda hoje.

A pequena parcela de participação nos espaços institucionais tem nos dado força para chamarmos nossas peças e nossos itens culturais de arte, antes predominantemente definidos como "artefatos". Reduzidas pelos curadores e antropólogos, nossas artes eram representadas de modo inferior, como se nós tivéssemos a capacidade de fazer louças e ferramentas sem consciência da estética que elas sempre apresentaram.

Estamos presos no mundo dos brancos: à língua, à bandeira, ao imaginário, às instituições, tudo que envolve um Estado-nação e sua nacionalidade. Mas nossa lealdade é à soberania de nossos povos. O projeto que os 305 povos originários fizeram desde 1500 foi majoritariamente sobreviver e mesmo assim sempre fizemos nossas artes. Na sociedade dominante, somente agora, há cerca de 30 anos, conseguimos ocupar um pouco de espaço na cultura do museu, da música, da literatura, do cinema para contar nossas histórias de re-existência.

Aqui, nessa cidade inventada, embora em algum momento a gente tenha querido falar apenas das nossas cosmologias, das brincadeiras, dos alimentos, não é possível nos jogarmos ao lúdico, porque o genocídio ainda é real. A perseguição aos nossos corpos – as culturas, diminuídas a tradicionais – acontece todo dia. Toda essa fortuna condenada é herança de uma longa história de morte ao qual resistimos. Mas nesse momento queremos também celebrar nossas belezas para além de comunidades privadas, queremos celebrá-las coletivamente, porque a terra é e sempre será nossa primeira residência. A cidade, e tudo que a caracteriza como tal, está em um território que pertence à terra, e nós vamos reavê-la. Esse ato utópico chamamos de revolução.

Pé de Roraima

Antigamente, no tempo que não tinha a gente, Insikiran mais o irmão cortaram uma árvore. Ela era grande, imensa, e tinha todos os frutos e alimentos do nosso mundo. Quando foi cortada, dela jorrou água água água água água água muita água e inundou o mundo. Quando chove, até hoje, o lavrado encharca, transborda, porque a terra lembra que já foi *tuná*. O toco da árvore cortada está lá. Lá começou nossa vida. Lá naquele pé de árvore, toco de árvore, está o nosso umbigo do mundo. Mas por que umbigo? Porque é o centro de nosso mundo. O umbigo é a medida de todas as partes de nosso corpo. A mesma distância que existe para cima existe para baixo. Eu e mamãe fizemos o teste em palmas. Daquele pé, de macuxi, caiu frutas, muita banana. E para o norte, não, por isso que lá na Rússia não tem banana e outras frutas que a gente tem aqui. Ah, mas tem outras, não importa, estou falando do meu umbigo, do umbigo do nosso mundo. Você já conhecia a nossa história? É dela que estou falando. Que só começamos a falar. Então esse pé, esse toco, esse monte, esse umbigo, esse mundo, é nosso.

Tempo de netas

Ep. 1: Ko'ko

Ebrina colocou no paneiro banana e farinha para fazer caribé. Também separou beiju, o peixe assado na brasa da noite anterior e suco de caju. Dezembro é a estação das castanhas pelo chão. Ebrina é minha bisavó e a pessoa mais enjoada da nossa família. Nós descendemos de seu ventre e de suas memórias, é por isso que somos povoadas de chatice. Chata, enjoada, uma matriarca que reclama de tudo, diz minha mãe.

A mãe conta que um dia meu vô, Dorrick, voltou com um *waikin*, e a noite já ia longe. Ebrina reclamou, disse que era muito tarde, que não se voltava com caça àquela hora, que ia ter trabalho. O vô respondeu que carneava ele mesmo a caça e chamou a vó, Celina, e a mãe, Laureen, para limpá-la. Enquanto espedaçava, Ebrina alegou que faziam barulho. O vô sinalizava com a cabeça para ninguém falar nada, só ouvi-la e continuar limpando a caça. O vô vendo que a bisa estava acordada e que não dormiria até terminarem, aproveitou e falou que fariam uma pequena fogueira para assar um pedaço de carne, que estava fresca e que ficaria boa para comer na hora com farinha. Ebrina praguejou mais um tanto que não era hora de comer, que a barriga ia doer, que se fizessem teriam que tomar chá de folha de embaúba. O vô assou a carne e, quando ficou pronta, perguntou à bisa se queria um pedaço, ela respondeu ranzinza:

— Me dá aqui.

Ebrina participava de tudo, de cada circunstância da vida dos filhos, das filhas, dos netos, das netas, de tudo o que acontecia entre a chegada e a partida da noite e do dia. De modo que, quando voltou para a terra, na furna de barro com feitios macuxi, um silêncio pairou sobre a casa, sobre o sítio, sobre nós. A bisa voltou a ser gente--barro, como muitos de nós voltaremos, mas nós com o *panacú* de outras amarguras, alguns de álcool, outros de assassinato, outros de doença dos brancos, bem poucos do tempo, como Ebrina.

O sol ainda não envolvia o horizonte do lavrado quando a bisavó falou:

– *Upa*. Levanta. Vai tomar banho no rio.

A voz seca era uma ordem. Eu aguardava o chamado de todos os dias balançando na rede, fitando a palha seca que cobria a nossa casa feita de pau a pique. Ficávamos aquecidos entre as paredes de barro com o fogo que a ko'ko acendia no último canto do galo, enchendo a casa de fumaça, que espantava os mosquitos e, dizia ela, os espíritos ruins. Ebrina era uma mulher magra, cujos cabelos lisos pretos da juventude agora estavam esbranquiçados pelo tempo, lábios e narizes largos como os dos corpos macuxi tendem a ser. As bochechas salientes já estavam murchas pelos repetidos ciclos de plantação de mandioca, milho, mamão, banana, melancia. Plantar para comer foi o que aprendemos desde sempre com ela, até que sejamos nós o alimento da terra.

O vô, a mãe, eu e os manos herdamos os traços, os trejeitos de Ebrina. Com mais ou menos força, somos todos continuidade da bisa; e ela, de seus pais e avós, de nossos antepassados. Somos sempre a continuidade de nossos ancestrais e de tudo o que eles nos legaram, bem e mal.

Ep. 2: Os donos da mata

Tínhamos um ritual todo dia. Quando cantava o galo, Ebrina nos acordava e nos mandava ir banhar no rio Tacutu. Era o que tínhamos que fazer para ir bem despertados à roça. Ebrina nunca repetia as ordens. Eu aprendi desde cedo o peso da voz taciturna da sua autoridade. Saltei da rede, um pouco sonolenta e, antes que pudesse me dirigir à porta, ko'ko decretou:

— Orsela, leva Doreen e Denis também.

Todos os velhos chamamos por um título especial: ko'ko as mulheres, e a'moko os homens. Essa é uma forma respeitosa de reconhecer que são eles os alicerces da nossa sociedade, os que têm os conhecimentos dos plantios, os conhecedores das histórias antigas, os falantes da língua que conhece a terra. Sacudo as redes de meus irmãos, que se demoram no balanço da rede velha, tardando, como fazem em cada despertar. Vejo Doreen simular o sono, mas tenho que acordá-la antes que o sol desponte no horizonte do lavrado. Sussurro para Denis e Doreen descerem da rede pois precisamos ir, que vamos comer beiju com café antes de irmos à roça. Isso os anima e consigo convencê-los. A ko'ko, que está a poucos metros de distância no nosso *tapiri*, nos observa com a tez velha, com as marcas do tempo da terra, que ela sempre consagrou. Antes de sairmos de casa, pedimos a benção dela e a do a'moko, Andrew Miguel.

— Deus te abençoe — fala prontamente Ebrina, emendando: — Não demorem.

Certa vez, o a'moko nos contou que ninguém pedia benção. Mas quando a Ordem Beneditina chegou ao nosso povo, orações e expressões oriundas da figura de Cristo comungadas pelas igrejas, primeiro católicas e, depois, protestantes, passaram a ser comuns, como pedir a benção, uma prática ensinada pelos padres e pastores. Ebrina e Andrew Miguel, ainda jovens, foram obrigados a incorporar certos costumes cristãos e agora, já com idade avançada, legavam como rotina aos filhos, exigindo mais das mulheres a fidelidade cristã. A crença nos seres da floresta, no entanto, nunca deixou de existir. Para os mais velhos, existe uma entidade que os assusta genuinamente. Me recordo que, quando cresci um pouco mais, comecei a ter medo do mal que povoa as nossas histórias. Quando ia para a mata, eu olhava para trás, buscando os olhos da mãe, do pai, do a'moko, de alguém que se importasse com nossa ausência. Para mim, era como se nos acompanhassem e de alguma forma nos protegessem. A mãe nos empurrava cedo para a liberdade, sempre que eu pedia que seus olhos repousassem em nós, ela retrucava algo como "a onça vai te pegar", "você precisa correr", "eu te olhar não vai te ajudar". Mas, quando eu procurava os olhos de Ebrina, eles sempre estavam balançando em mim, como se eu fosse as hastes de sua rede. Um dia me confidenciou que vivera o suficiente para testemunhar o que podia, o que devia ou não temer. Por isso nos alertava antes de nos afastarmos, para termos cuidado, para ficarmos atentos, sobretudo na mata, sobretudo com os donos dela.

Seguido da benção, nos lembrou que devíamos pedir licença ao entrar na mata, se pedíssemos, eles, os donos, não se incomodariam que entrássemos em suas casas. Era nossa lei, ensinada por Ebrina, que toda casa é sagrada:

— Inna ko'ko — respondo, assentindo cautelosa em meus passos de neta.

Ep. 3: Mau-olhado

No caminho que fazemos, todos os dias passamos pela casa de Aster, uma vizinha do sítio que às vezes nos olha sorridente, às vezes rabugenta. Dizemos "*Good morning*", mas ela não responde. Parece brava com os cachorros. Grita e os enxota pelo quintal para que se dispersem. Os vira-latas ficam em roda, como se os gestos inarticulados de Aster fossem uma aringa de rotina. Eu rio disso enquanto continuamos o nosso caminho.

Chegamos no Tacutu, e Doreen nos mostra uma caixinha de fósforo que pegou furtivamente em casa. Denis fica eufórico porque gosta de fogueirinha, e eu fico apreensiva porque isso significa, caso descoberto, o castigo da pimenta em Doreen.

— Peguei porque tinha duas, *Adú*... – fala, se justificando. Meu olhar de repreensão logo se dissipa porque desejo tanto quanto ela uma fogueirinha depois do mergulho.

Procuramos as folhas mais secas enquanto Denis se distrai tentando arrancar um timbó-de-raiz. Empilhamos galhos e folhas secas como fazem nossos pais.

Eu nem preciso pedir para que Doreen e Denis façam uma reverência ao rio, que abriga kasari, tuengron e todos os encantados, porque eles já seguram pedrinhas. A fogueirinha atrás de nós cresce e nós pulamos juntos no rio. Nos banhamos sob o orvalho das estrelas. Nessa época não nos damos conta dessa poesia, somente do frio da madrugada. Saímos rindo do rio e corremos em direção a *apo'*. Nos acocoramos em volta do fogo e ficamos esfregando as mãos:

– Doreen, você guardou a caixinha? – pergunto, preocupada, maquinando um plano para manter o segredo da casa.

Doreen aponta para o lado da fogueira, onde a caixinha está sobre uma folha, mas a uma distância razoável, protegida de queimar. Me levanto e falo que é hora de ir. O tempo do banho era estimado por Ebrina para chegar, brincar, banhar e retornar. Mas eu sentia que já começávamos a nos exceder.

Na volta aproveito para juntar cajus. Às vezes brincamos de casinha, o que consiste em passar horas em cima das árvores nomeando as frutas da estação, a da vez foi o cajueiro. Presumimos que eles vivem em família com ko'ko, a'moko, papa, mama, manon, miné. Também concluímos que estão pendurados porque gostam de balançar e por isso atam suas redinhas aos lugares mais altos do cajueiro. Eu fui o caju-adú; Doreen, o caju-manon; e Denis, o caju-miné. Amontoo o que posso na minha blusa e faço o mesmo com Doreen e Denis. Como recém colhemos mandioca, a fumaça indica que Ebrina assa beiju, e assim sei que chegamos a tempo de não levar carão.

Enquanto aviso ko'ko que colhemos caju e que temos desejo de castanha assada, Doreen vai devagar colocar a caixa de fósforo no lugar, na pernamanca, onde também tem uma vela, um lampião que funciona a querosene, um isqueiro e a outra caixa de fósforo. Ebrina nem ninguém em casa desconfiam do nosso furto, ou fingem que não.

— Orsela, o que vocês viram no caminho? — pergunta Ebrina.

— Vimos Aster, mas ela não respondeu ao nosso bom-dia — digo, mesmo sabendo da ambivalência de humor de Aster. A vida da nossa vizinha também era dura. Ela era indiana com nacionalidade guianense; os indianos na fronteira eram chamados de kuli e tratados como raça inferior. Seus pais, nascidos no Surumu, lhe legaram o inglês, um dialeto variante do hindi, e bem pouco do português. Seus bisavôs, por sua vez, a inenarrável memória da escravidão inglesa.

Ko'ko chamou a mãe e disse para pegar um copo d'água.

– O que aconteceu, Ebrina? – disse a mãe com a testa enrugada e os olhos angustiados.

– Doreen se assustou, está com mau-olhado. Vamos fazer uma reza antes de sairmos para a roça.

Ebrina terminou de assar o beiju, dividiu-o em três e nos deu. A mãe depositou o copo d'água em cima da mesinha, saiu e voltou com peixe frito e banana. Em seguida trouxe um copo de café com leite, completando nosso desjejum.

Ebrina conversava com mama sobre Doreen. Dizia que ela ia adoecer, que era preciso benzê-la agora. Mama e ko'ko aguardaram terminarmos o desjejum e chamaram Doreen. A mãe disse que ela já estava febril, e Ebrina confirmou o mau-olhado, já sabendo qual reza fazer para curá-la. Quando se preparava para o benzimento, a ko'ko disse para a mãe prestar atenção e olhou para mim, para que eu fizesse o mesmo.

– *Amennakan etarumu konpe, timmansi'kon yekaton inepî tuya'nîkon ya, more'san.*

Não vou compartilhar toda a oração que ouvi da vó nessa e em muitas outras vezes. As orações macuxi são sagradas, por isso não podem ser pronunciadas acidentalmente. Doreen tinha um olhar abatido, agora eu percebia que minha irmã, sempre robusta e agitada, ficava mais quieta entre o colo da mãe e da benzedeira Ebrina. Mas aquele seria o menor dos maus-olhados que enfrentaria na vida. Minha irmã, que casaria bem cedo, perderia maridos e experimentaria o destino da solidão que enfrentam as mulheres de nossa origem.

Ep. 4: Ko'ko

O tempo da vida é diferente para todo mundo. O tempo da ko'ko foi longo. Passou por luas e luas, muitos verões e estiagens. Penso nisso depois que desligo o celular. Mesmo sabendo que minha rabugenta senhora viveu muito, que testemunhou o nascimento, o crescimento e mesmo a morte de muitos netos, sinto vontade de chorar por mais esse ritual de passagem em nossa família. A angústia viaja por todas as veias e vai e volta conforme o banzeiro da memória.

— Orse, o que foi? — Pimi se aproxima com a sobrancelha arqueada, característica que sempre entrega preocupação.

— Senta aqui, você está pálida... — E logo se levanta em direção à cozinha. Noto, no espelho da ampla sala, meu reflexo pálido. É nítido que minha pressão baixou. Com a voz grave, Pimi insiste, tenta adivinhar meu leve desfalecimento:

— Você tomou sua insulina?

Forço uma resposta, mesmo breve, que sim. Quando ele volta da cozinha com uma pitada de sal na colher e um copo de água, digo quase inaudível:

— Ko'ko partiu...

Pimi me abraça, fala que vai ligar para Doreen e avisar a família dele também. Ajeita a almofada perguntando se quero algo, uma dipirona, sugere um banho quente, que aceito com prontidão.

Sonâmbulo de aeroporto a aeroporto, de táxi a táxi, com a cabeça fervendo infância, conselhos, abraços, broncas, cipozadas, damorida, beiju, lavrado. Pimi cuida das nossas malas e se encarrega das refeições, traz um café, um sanduíche, mesmo com a boca seca e o estômago torcendo de dor, mal consigo pôr o alimento na boca.

Ebrina diz:

– Estragando comida? Não sabe que com comida não se brinca?

– Mas não tenho fome, justamente por saudade de ti – respondo.

– A vida não acaba aqui, upa – Ebrina diz, pondo a mão enrugada sobre a minha, tranquila com seu destino. – Volto para te visitar – diz com tom maternal, simulando mau humor, e sai andando devagar até desaparecer entre a multidão de gente que vai e vem.

Reencontrei Ebrina em muitos sonhos mais tarde. Quando nossa filha nasceu. Quando Pimi adoeceu e eu me desesperei achando que ele partiria em breve. Quando Timóthy perdeu para o crack. Quando Fernando foi assassinado por usar um celular. Quando Denis morreu de alcoolismo crônico. E em muitos outros, quando carecia profundamente do afeto de vó.

O velório foi triste. E breve. Eu, Doreen e Denis apostamos algumas peixadas em quem seria a sucessora de Ebrina na chatice. Apostei na também ko'ko Celina, mas perdi. Ela partiu um pouco depois, como se tivesse vivido para cuidar de Ebrina. O vazio matriarcal na nossa família ainda ficou pungente por um longo período. Quando Páda nasceu, tivemos a sensação de que era um presente das nossas duas mulheres, agora ancestrais.

Pimi e eu estávamos há alguns anos em uma rotina de trabalho frenética. A morte de Ebrina nos fez desmarcar palestras e adiar publicações editoriais que demandavam circuitos de miniviagens. Na iminência das férias, decidimos ir para outro país. Compramos passagens para Montevidéu. Mais tarde Pimi me confidenciou que, não fosse aquele tempo, aquela pausa na nossa vida, nos separaríamos em breve. Entendi o que ele quis dizer. Mesmo morando na mesma casa, estávamos perto, mas não necessariamente juntos. Ficávamos longas horas enfurnados no escritório, mal tínhamos tempo para conversar e fazer as refeições juntos, princípio sagrado de nosso povo.

Em quase um mês, caminhamos por longas horas na *rambla*, contemplando a infinitude do Río de la Plata. Mesmo diante de muitas vitrines de moda, quase não fizemos compras; com o tempo percebemos o quanto as lojas eram réplicas das mesmas marcas, sem muita diversidade no mostruário. Visitamos o Museo de Artes Decorativos, no Palacio Taranco, e mesmo com Pimi rindo da minha intrepidez, dancei tango com o *viejito* à disposição do museu. No Museo Historico Nacional, que no passado tinha sido a casa de Fructuoso Rivera, vimos coleções de armas. Pimi se distraía vendo os modelos antigos:

— Provavelmente nossos antepassados morreram por essas armas — disse, como se constatando.

— E por que você está admirando-as? — retruquei. Sempre o espinhaçava ao menor deslumbramento dos fósseis coloniais.

— Não nossos, *nossos*, antepassados — continuava, ignorando minha implicância. — Mas os nossos, de Abya Yala.

Sempre que Pimi não tinha palavras para explicar o que sentia, caçava meus olhos e me fitava até eu expressar, até eu consentir ou não com sua ideia. Com os olhos disse que sim; com a boca, "uhum", renovando o pacto que fizemos mesmo antes de nascer.

Ep. 5: Os donos da mata

Pimi enlaçou meu braço e disse:

– Está na hora do café! Vamos naquele café famoso frequentado por Eduardo Galeano?

Respondo que sim e me deixo conduzir pela rua da cidade de outono. Chegamos à rua Ituzaingó, na Cidade Velha, próxima à *rambla* e ao Río de la Plata. O nome do popular estabelecimento é Café Brasileiro. Andando um pouco pela Plaza Independencia de onde consigo mirar o café, é possível vislumbrar o rio. *Piquenique!*, penso. Mas Pimi está interessado em entrar, ver as coisas e o movimento que contemplou o famoso Galeano, tornar uma memória tangível.

– Onde será que ele costumava se sentar? Se prepara.

Eu rio da euforia de Pimi. Vou junto nessa empírica aventura. Mas está lotado, e logo nos vemos sendo atropelados por gentes superpovoando o pequeno café. Conseguimos sentar-nos próximo ao vidro que dá para a vista de fora, sem saber que horas virá o nosso pedido. Como tínhamos comprado um exemplar usado de *As veias abertas* na Feira Tristán Narvaja, eu o tiro da mochila e começo a folheá-lo enquanto Pimi olha minuciosamente o que consegue: as paredes de madeira, as bebidas, o uniforme dos garçons, o espelho, os assentos, tudo que seus olhos alcançam.

No início do livro, me deparo com o parágrafo: "Do descobrimento aos nossos dias, tudo sempre se transformou em capital europeu ou, mais tarde, norte-americano".

– Des-co-bri-men-to – balbucio quase inaudível para Pimi, mas ele ouve, mesmo com o barulho de vozes, de louças, de turistas e montevideanos. Ele espera que eu desenvolva alguma coisa, aguarda a antítese que estou mentalmente formulando e ergue a sobrancelha sorrindo com o canto da boca:

— Não vai compartilhar a sua revolta?

O sorriso me desarma. Não das questões políticas em que acreditamos, mas de falar desse tema mais uma vez, das muitas vezes que já discutimos.

— Somos hoje um pouco mais de 30 mil, não foi descobrimento — digo com um nó na garganta, pelo compromisso de nunca me silenciar.

— Eu sei — ele responde.

— Mas parece que eles não sabem — digo.

Após o café, descemos em direção ao infinito, à vista do rio que parece mar.

— E aí? — insisto. — Como foi estar no mesmo lugar do autor?

— Mais ou menos. Um pouco para mais — diz, divertido, abrindo o mesmo sorriso que me ofereceu há quinze anos.

Anoitecemos na beira do rio. Estamos há milhares de quilômetros do nosso rio, do nosso céu, das nossas constelações. Quando terminamos o doutorado no Sul, mesmo com todos os desafios, decidimos que iríamos trabalhar perto de nossas famílias. Eu esperei quatro anos até passar oficialmente no concurso público da universidade. Pimi aguardou um ano apenas, o que nos deu relativa segurança. Nossa família desembolsou dinheiro; nossas mães, comida. Nossas matriarcas diziam: voltem para casa, venham morar no nosso terreno; e nós desviávamos, éramos delicados, pois sabíamos — e sabemos — que o mundo mudou muito desde o tempo de nossos antepassados. Saber nossos direitos e ter um emprego é uma forma também de nos defendermos do mundo do branco.

Mesmo estando relativamente perto, sentimos desde sempre a divisão do mundo. Do nosso mundo com o mundo dos outros. Não nos conhecemos na infância, mas conversando por longas noites percebemos que partilhamos muitas dores em comum. Desde cedo quando passamos a ir à escola em Karasabai, as professoras britânicas e freiras nos diziam que éramos *índias*, *selvagens*, que estavam ali para nos civilizar. Recebíamos palmadas com palmatórias de madeira, e apenas nós, as chamadas *índias* e *índios*, éramos castigados de joelho no milho. As crianças brancas eram más. As professoras e os padres eram perversos. Ficávamos sentados a tarde toda aprendendo a bordar, ter boas maneiras, ler em inglês. Quando podíamos, fugíamos da escola, um presídio para nós, e íamos pular nos lagos, brincar na mata, comer buriti, procurar banana. De vez em quando, escolhíamos esperar a noite cair para ver o céu cheio de estrelas e relembrar as histórias de gente que subia ao céu. Eu me perguntava se não era melhor subir ao céu do que ficar na terra e apanhar tanto. Mesmo assim, não estávamos tão longe de casa, do céu, dos montes, do lavrado.

— Você lembra a história do caranguejo? — Pimi me surpreende.

— Como você sabe que eu estava pensando nela? — exclamo, eufórica.

Ele sorri novamente. Parece genuinamente feliz. Eu sei que toda vez que chego perto do rio relembro as histórias de constelações.

— Aquela história que o caranguejo foi para o céu de carona com a aranha prometendo que ia ser sua refeição?

Confirmo com a cabeça, como se pega de surpresa.

– É a de que você mais gosta, Orse, e a que sempre conta. Talvez tenha esquecido as outras...

– Quem será o encantado desse rio? – Finjo não ouvir o que Pimi fala. Esquecer as estrelas, as histórias, a família, me esquecer, é o meu maior medo.

Ep. 6: Mau-olhado

É tempo de feira. E é tempo das bergamotas. Enfileiradas nas prateleiras são um cartão de visita. Ainda estamos em Montevidéu, mas já sentimos que é hora de voltar para casa. Pimi põe algumas frutas na ecobag e paga o feirante, que, não satisfeito, tenta vender a ele alguns legumes. Ele responde, justifica que não vamos cozinhar, mas caminhar enquanto saboreamos as frutas. O ego do feirante se dá por satisfeito da companhia, mas não tanto, e passa a indicar possíveis lugares para irmos hoje. Enquanto Pimi resolve a *charla,* envio mensagens para Doreen, que me aguarda retornar para também ir a seu próximo destino.

Não faz muito que Doreen iniciou um novo relacionamento. Enquanto envio mensagem perguntando como está, quando depositará a bendita tese, ainda não sei que, daqui a alguns anos, Timóthy estará viciado em crack e Fernando será assassinado em uma briga de festa. Neste injusto tempo, Doreen estará começando a firmar seu relacionamento com Timóthy, estarão falando de casamento, casa, saindo para ver bairros e móveis. Após longos anos de envolvimentos com homens não indígenas, será a primeira vez que verei minha irmã serena, dando uma chance para si mesma. Por tão pouco tempo. A insegurança de amar, ter uma família e uma vida longeva vai perseguir minha irmã, assim como me persegue constantemente.

Pimi retorna com a sacola um pouco cheia para nosso último passeio.

— Aonde você quer ir enfim, Orse? — Eu sei que ele está me alfinetando para comprarmos as passagens de volta e passarmos os últimos dias no conforto da nossa casa.

– Eu pensei em irmos comprar um páo no Ta-Ta, um vinho...

Vejo o rosto de Pimi iluminar-se. Ele entendeu a minha mensagem. A animação no rosto é visível e simula me empurrar para irmos mais rápido. Após uma década juntos, mudo periodicamente o código para o convite ao nosso sexo. Estamos deitados comendo as frutas que Pimi barganhou na feira, o páo que compramos no mercado, pois bebemos a garrafa de vinho toda e estamos mais *borrachos*, como se diz em Montevidéu, que sóbrios. Sinto vontade de tomar um chocolate quente, pois a tarde esfriou.

– Vamos Pimi, vamos! – Inverto o papel que até então representamos. Agito-o levemente, e ele retruca:

– Vou vomitar em você – diz com malícia.

Me conforta saber que rimos de coisas pequenas e leves. Fico contente de termos superado uma breve separação, muitas inseguranças e, sobretudo, as infindáveis discussões redundantes. Foram alguns anos difíceis até entendermos que precisávamos de terapia para tratar tantas feridas abertas.

Estávamos no nosso último ano de doutorado, Pimi tinha recém-iniciado um namoro, de modo que achei que não teríamos mais chance como casal. Eu tinha essa impressão de que namoros que começam nos colégios tendem a ser duradouros, mesmo tendo eu terminado um relacionamento e vendo o de tantos colegas desabar. Eu estava ferida, mas aceitando que seria um novo ciclo, me permitindo rir com as colegas, me concentrar mais na escrita da tese e fazer alguns versos, também estava aprendendo mais sobre não monogamia e bem-estar. Tinha decidido dali a um mês contar para Ebrina sobre o término, mesmo sabendo que ouviria infindáveis conselhos matrimoniais e mesmo arranjos de outros, pois para as mulheres mais velhas de nosso povo, segurança é estar casada. Sabemos hoje que foi e é um dispositivo de sobrevivência para a continuidade de nós.

Naquela semana recebi uma mensagem de Pimi me convidando para jantar, pois queria conversar algo sério comigo. O meu coração disparou, hesitei se responderia, se aceitaria. Retornei logo mais depois do almoço. Poderia ser ele me apresentando a nova namorada ou me pedindo a benção para seu novo relacionamento. Odiava essas cerimônias de Pimi, mas precisava admitir que ele era mais espiritual que eu e acreditava em bons relacionamentos. Para mostrar que não estava tão amistosa, enviei apenas um:

– Onde?

Pimi desceu do táxi sozinho, o que me deu certo alívio, e foi o mais leve possível, do trajeto ao restaurante, buscando esconder o nervosismo sob a roupa da polidez. A educação reservada aos casais que terminam e buscam reatar. Durante o jantar me disse com suplício que tinha saudades, que queria voltar, perguntou se eu estava vendo alguém, que esperaria. Despejava em mim suas angústias antes de eu responder, quase como um desabafo reprimido. A verdade é que eu estava vendo alguém, mas estava morrendo de saudades de Pimi, e estar longe de casa era duro para nós. Essa foi a nossa última separação. Brigamos desde então, mas ficamos mais maduros também e passamos a conversar sobre outras formas de se relacionar que fomos adaptando com o tempo. O sorriso de Pimi me chama de volta a mim:

– Sabe o que eu nunca fiz, Pimi?

– Pouca coisa, você faz muita coisa, Orse. Mas me diga, o que é?

Eu rio, impulsionada pela bebida:

– Nunca andei de patins!

Pimi gargalha também:

– Quantos anos você tem?

– O mesmo tanto que você! – digo, apontando, sinalizando que não vou mudar de ideia e que vou levá-lo comigo, que andaremos assim mesmos, meio bêbados!

Pimi pega nossos casacos e duas garrafinhas de água, abre uma, dá um gole e me passa em seguida, para que eu me hidrate; antes de chegar à rua, me dá um beijo, como que dizendo "vamos lá", e entrelaça seus dedos entre os meus.

Seguimos pela rua, talvez estejamos mais bêbados do que desconfiamos.

– Você colocou o colar que eu te dei? – pergunto. – Desde que chegamos sinto que estamos cercados de mau-olhado...

– Está aqui, você pediu para eu não tirar. E o seu? – replica.

O colar é presente de Ebrina, que o benzeu antes de nos entregar pessoalmente e aconselhar cuidados contra o mau-olhado e quebranto. Disse para mim que nós deveríamos usar sempre. Na cidade também tinha mau-olhado. Como nós sabíamos, crescemos cercados deles. Agora que ela se foi, sei do meu dever de neta. Ebrina não morreu, morreu, partiu para o tempo dos ancestrais, para onde todas nós, as netas, iremos um dia.

Tateio meu pescoço por debaixo da blusa e vejo que estou, sim, com ele, tomamos banho com ele ou vestimos depois, não me lembro ao certo, mas eles estão lá.

— Que bom — emendo —, senão teríamos que chamar Ebrina para rezar contra o mau-olhado! — Digo isso de um jeito diferente, presumo, porque isso faz Pimi parar, me fitar por um breve tempo e me abraçar enquanto as lágrimas escorrem pelo meu rosto, inundando sua jaqueta, seu corpo, o mundo.

Folhetim produzido em 2022
para o SESC Pompeia.

Biografia

Trudruá Dorrico, antes Julie, pertence ao povo Makuxi. Pós-doutora do Programa de Desenvolvimento da Pós-Graduação Emergentes e em Consolidação (UFRR), doutora em Teoria da Literatura pela PUCRS, mestra em Estudos Literários e licenciada em Letras-Português pela UNIR. É poeta, escritora, palestrante, pesquisadora de literatura indígena. Venceu em 1º lugar o concurso Tamoios/FNLIJ/UKA de Novos Escritores Indígenas em 2019. É administradora do perfil @leiamulheresindigenas no Instagram; curadora da I Mostra de Literatura Indígena no Museu do Índio (UFU) e do I Festival de Cinema e Cultura Indígena (FeCCI), em Brasília (2022); autora de *Eu sou Macuxi e outras histórias* (Caos e Letras, 2019); além de organizadora e autora de *Originárias: uma antologia feminina de literatura indígena* (Companhia das Letrinhas, 2023) e *Makunaima morî mai* (prelo, Editora Fósforo, 2025). Compõe a antologia *Apytama: floresta de histórias* (Moderna, 2023), obra vencedora do Prêmio Jabuti na categoria Literatura Infantojuvenil 2024. Fez residência artística no Cité Internationale des arts (Paris, 2023) e no LabVerde (Amazonas, 2024). *Tempo de retomada* é uma obra selecionada para o Festival Folclórico de Parintins (AM) como tema do Boi Caprichoso 2025.

Este livro foi composto com tipografia Adobe Garamond Pro e impresso em papel Off-White 80 g/m² na Formato Artes Gráficas.